JN056242

家にいるのに家に帰りたい

집에 있는데도 집에 가고 싶어

クォン・ラビン 著
チョンオ 絵
桑畑優香 訳

&books

집에 있는데도 집에 가고 싶어

Originally published by BY4M., in 2020

This Japanese edition is published by
TATSUMI PUBLISHING CO., LTD. in 2021
by arrangement with BY4M through KCC Seoul.

Book Design by albireo

家にいるのに
家に帰りたい

カタツムリはいいな、
家が近くて。

プロローグ

わたしはかけらを拾う。大きさや形、色はさまざま。ずっと昔に失くしてしまったり、すっかり忘れていたものだったり、はじめて目にしたものだったり。未知の彼方から飛んできて、わたしの体と心にカチッとはまるものもある。手に取った瞬間、香りがあふれ、笑みや涙がこぼれることも。

わたしはそんなかけらを「記憶」と呼ぶ。集めたかけらは「一瞬の時」を形づくり、「一瞬の時」は「永遠」にもなる。みなさんにとって、この本が失くしてしまった記憶を呼びおこし、忘れゆく記憶を取りもどし、未知の記憶を拾い集めるひとときになりますように。永く心に残る、香りあふれるかけらとして。

プロローグ 005

CHAPTER 1
誰よりもわたしの幸せが一番大切

ときには消えてしまいたくなる 013
憂うつからぬけ出すわたしだけの方法 016
思いきり幸せになれる日がわたしにも来るのかな 018
きみはわたしにとって明日だった 019
家にいるのに家に帰りたい 022
好きなものが、増えるといいな 025
布団をぎゅっと抱きしめても満たされない 027
あなたにはわたしを傷つける資格はない 029
それは助言でも忠告でもない 031
自分のつらさを他の人と比べないで 032
その言葉は沈黙よりはやさしくなければ 034
越えてはならない線がある 037
わたしだけのストレス解消法 040
消えたと思っていたはずなのに 042
逃げるあなたへ 044
ラビンの物語 父に会いたくなる日 046

CHAPTER 2
つらい日々を
ただ受けいれているだけのあなたへ

ベッドに寝ころびスマートフォンにさわるとき 051
願い 054
クリスマスが来ないといいな 055

少しだけ後悔するか、たくさん後悔するか。
違いはそれだけ 058
利己的な心 061
間違っているのではなく、ただ違うだけ 062
ずっと前から知っていた 063
色眼鏡に隠された真実 066
言葉の重み 067
ゆっくりでも大丈夫な理由 070
いつもイヤホンを片耳だけにつけている友だち 072
夜より昼に危険を感じる人 075
あなたのために灯をともす 077
幸せのものさし 081
むやみに誰かを憎まないで 083
何もできないと思ったとき 085
それぞれがきらめく星 087
人生は矛盾 090
しわくちゃにならない勇気 092
自分を探す道 093
ずっと変わらず大切なもの 095
ラビンの物語 母がいない子 097

CHAPTER 3
わたしたちが別れた理由がわからないのなら

存在の空席 105
別れのサイン 107
終わらせることもやめることもできない関係 108
それは愛じゃない 109

あなたは捨てたけど、わたしは捨てられなかったもの 110
ラジオを聴いていたら 112
一番怖い怒りは、沈黙 114
ささやかなことが一番大切 115
わたしたちが別れた理由がわからないのなら 117
世界で一番近い人から一番遠い人に 118
愛が残っていたら不可能な話 120
ホンモノとニセモノ 121
もしかすると、いまもあなたを待っている 123
わたしだけが片思い 125
手紙の重さ 128
別れのタイミング 130
大切なことを忘れた罰 131
夢を、愛を、あきらめるしかなかったあなたへ 132
人間関係の枝を切るとき 133
出会いと別れのくり返し 136
記憶 138
学びのルール 139
海からの手紙 140
もう一度愛を夢見る 142
ラビンの物語 愛って何だと思いますか? 145

CHAPTER 4
わたしたちはふたたび恋をする

あなたにとってわたしは 151
こんな人に出会いたい 154
ずっと心に残る贈りもの 156
いつもあなたのそばに 158

違うけど同じ　160
それにもかかわらず　162
息の届く距離　164
花と手紙が愛される理由　165
つないだ手を離さずに　166
ぷよぷよ　168
いつも愛を確かめたがるあなたへ　169
愛ってそんなもの　171
言葉選び　172
あなたという奇跡　173
こんな愛ははじめてだから　175
自慢したい　176
特別なデート　178
あなたがわたしを呼ぶとき　179
何も言わずに　180
逃げよう　182
星を描く人　104
9と10のあいだ　187
わたしたちが夜をともに過ごす方法　189
永遠　190
みかん半分の愛　191
言葉を大切にしてくれるということ　193
恋人どうしが似る理由　194
恋はふたりだけのもの　196
あたりまえの愛をあなたに　198

エピローグ　200

ME

CHAPTER 1

誰よりも
わたしの幸せが
一番大切

ときには
消えてしまいたくなる

お風呂にすっぽり首まで浸かり
目と耳をふさいで湯船の栓をぬいたら、
わたしもお湯のように流れて消えてしまえるだろうか。
「どうか消えてしまいますように」
そう願っていた時期があった。

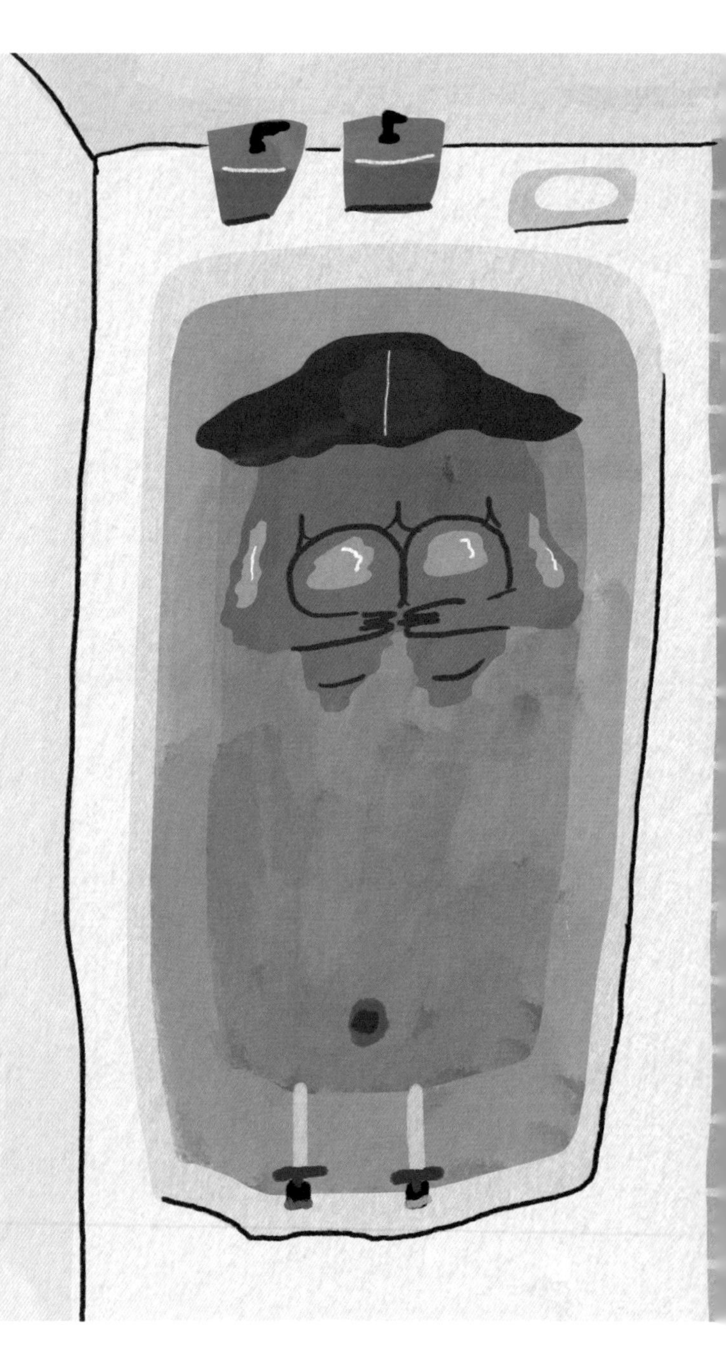

憂うつからぬけ出す
わたしだけの方法

どんより落ち込みそうなときは、あたたかいお風呂に入る。そしてまだ濡れた髪のまま、布団を抱え、コインランドリーへ。洗濯が終わるまで近くをあてもなく歩く。両手を広げ、洗いたての体に自然の風を感じながら。乾ききっていない髪を風が揺らすのが心地いい。

すっかり乾いた布団と一緒に帰る道は、気持ちもふかふかになる。乾きたての洗濯物は、陽だまりのようにほかほか。家に着くと、布団を抱きしめ、ごろごろ寝ころぶ。ふわふわした布団から伝わる温もりに、だんだん力がぬけてくる。わたしの幸せは、こんなにもささやか。重かった心も体も、じめじめしていた布団も、やさしい香りに包まれ、すっかり軽くなっていた。わたしはあたたかさをぎゅっと抱えて眠りにつく。

＊
＊

ふかふか。

ごろごろ。

ふわふわ。

わたしの幸せは、

こんなにもささやか。

思いきり幸せになれる日が
わたしにも来るのかな

幸せすぎると心が病気になる。
干からびた人生に
雨や雪のように幸せが降りそそいでも、
思いきり楽しめず、
「失ったらどうしよう」と考える。

ただ幸せになればいいのに、それでもいいのに。
いつか、足もとに幸せがぎっしり積もる日が来れば、
思いきり幸せになってもいいのかな。
わたしにも、そんな日が来るのかな。
幸せでも不安にならない日。
ただ幸せだけを感じる日。

きみはわたしにとって
明日だった

子犬を飼っていた。宝物だったきみ。真冬のある日、ひとりぼっちで留守番するきみが寒くないように、床暖房をつけたまま仕事に行った。バタバタで、心が折れそうな一日。体はカチカチに凍りつき、足どりもずっしりと重い。冷たい空気を引きずりながら家に着き、その場で崩れるようにうずくまる。そっと近づくきみを、わたしはぎゅっと抱き寄せた。

温もりを抱きしめながら、ふと気づいた。床が冷たい。床暖房が故障していたんだ。きみも凍える思いをしていたはず。そんなことも知らず、冷たい空気を家まで引きずってきたわたし。涙が一気にこみ上げた。散々だった一日のせいか、あたたかいきみのせいか。部屋でぽつんと、寒さに震えるきみを想像し、あふれ出る涙が止まらなかった。

一日中待ちつづけたきみ。やわらかな温もりに心がじんわり溶けていく。「寒かったくせに。ただずっと待ってたなんて、ありえない」と意地悪な言葉を投げかけても、きみはわたしの腕のなかで涙をなめるだけ。そんなきみが、わたしにとって明日だった。絶望のどん底で、いつ死んでもいいと思っていたわたし。きみは希望の明日だった。きみがわたしを救ってくれた。

家にいるのに家に帰りたい

いまいる場所になじむことができず、不安やとまどいを感じると、心やすまる居心地のいい家に帰りたくなる。カタツムリが自分を守るため、背なかに家をのせて生きるように。自分を守ってくれる、温もりあふれる人と空間を、誰もが必要としているのだ。

仕事とひとり暮らしを始めた頃は、ガスの申し込み方法さえわからず、仕事でも失敗ばかり。何度も壁にぶつかった。慣れないことに次々と直面すると、すべてを放り出し、家に帰りたくなる。一番親しい人がいる場所が、本当のわたしの「家」。だから、「家にいるのに家に帰りたい」と思ってしまう。

社会に出て気づいた、家族と暮らした時間の大切さ。「人生で一番いいのは、勉強しておこづかいがもらえる学生時代」という言葉は本当だった。大人になれば何でも思いどおりにできる。そう信じていたのに。

⁂

カタツムリはいいな、
家が近くて。

好きなものが、増えるといいな

ゆうべ、冬の雨が降った。カチカチ、パチパチ。そんな音がするものが好きだ。雨が壁や地面、窓を打つ音、キーボードをたたいて文章をつづる音、そして焚き火が燃える音も。

泣いてばかりのわたしに友だちが言った。「あなたの悲しみをすべて洗い流すために、雨は降る」。いつからか窓をたたく雨の音に気持ちが安らぎ、雨の日はうとうとと眠りにつくようになった。キーボードをカチカチ打ってつむぐ言葉が、読む人に癒やしやときめき、共感を与えると気づいて、書くのが楽しくなった。そして、パチパチ音をたてて燃え上がる焚き火。見つめていると、悩みもぜんぶ灰になり、心がふっと軽くなる。

これからも、好きな音が増えるといいな。世界が
大好きなものでいっぱいになるように。

布団をぎゅっと抱きしめても満たされない

ひとりになりたいけど、ひとりになりたくない。まるで海の真んなかにぽつんと置かれたベッドに放り出されたような、とてつもないさみしさ。布団をぎゅっと抱きしめても、身を切るような冷たい風にさらされる青白い夜明け。そこにいるのは、わたし。ここにいたのは、わたしだった。「誰か助けて。深い海に沈んで永遠に戻れなくなる前に。どうか、手をつかんで。明けない夜から、わたしを救い上げてください」

⁑

青白い夜明け。

そこにいるのは、わたし。

あなたにはわたしを傷つける資格はない

あなたが投げた石ひとつに、ぎりぎりこらえていた心がふたたびざわめく。堂々と立っていたいのにぐらぐら揺らぎ、石が当たったところがじんじん痛む。ずっと目を閉じたままでいたい。何日も眠れぬ夜を明かし、絶望のどん底をひたすら歩きつづけた。あなたは何気なく投げたのだろう。わたしが受ける傷なんて気にかけず。語る自由もあるかもしれないけれど、言葉でわたしを傷つける自由はない。ときには嫌われることもあるとわかってる。だからといって、石を投げつけられてばかりいるのは不公平。あなたにはわたしを傷つける資格はない。

それは助言でも忠告でもない

共感力は知力の一部だ。 悲しむ人に心ない言葉をかける人を見ると、怒りがどっとこみ上げる。なぜそんなふうに言えるのか。他人の傷に塩を塗る言葉は、助言でも忠告でもない。たとえ悪意はなかったとしても。そんな人に出会うたびに、言いたくなる。

「勝手なこと言わないで！」

自分のつらさを
他の人と比べないで

誰もがつらさを抱えている。でも、人と自分は同じじゃない。誰がなんと言おうとも、わたしが「しんどい」と思えば、しんどい。他の人には塵(ちり)のようにちっぽけに感じられるかもしれないけれど、わたしには宇宙のようにどでかい問題だ。誰かにはささいなことに思えても、わたしには苦しく、しんどいこともある。自分のつらさを他の人と比べないで。「みんなは平気なのに、どうして」。そんな思いが、むしろもっと自分を苦しめる。

わたしはドアをノックする音が怖い。誰かにとっては、なんてことないかもしれないけれど、その音にわたしの心臓はドキッとして、ちゃんと息ができなくなる。だからフードデリバリーを頼むときは「ノック禁止」とドアに貼り、届く頃に外で待つ。めんどうだけど、あの音を聞くよりはずっといい。わたしを「ノック恐怖症」にさせた過去の出来事が、いらだたしいが、どうしようもない。

だから、大丈夫。他の人と比べてつらいとか、つらくないとか、そんな基準は存在しない。あなたはいま、すごく苦しく、しんどい。わたしには、あなたの気持ちが痛いほどわかる。

その言葉は沈黙よりはやさしくなければ

気分が浮き立った状態からすとんと憂うつにおちいる瞬間がやってくるたび、息がつまりそうになる。その話をすると、みんなきまってこう言った。

「だから、何？ わたしなんて、もっとひどいことをガマンしてきた。強くならなきゃ。そんなにメンタル弱くてどうするの」

アドバイスや意見を求めていたわけじゃない。ましてや、慰めの言葉なんてまっぴらだ。ただ話を聞いてほしかった。ただ、それだけだった。

ふと思う。もっと特別な理由やものすごい事情がなければ、心から悲しんではいけないの？　なぜ、悩みを他人のものさしではかり、大きさを比べようとするの？　すべての瞬間、息がつまる自分を、わたしはどうすればいい？

「それくらいガマンしなよ」という言葉。「くだらないことで大騒ぎして」という言葉。傷ついた心に塩を塗られ、さらにひりひり痛くなる。

⁂

もっと特別な理由や

ものすごい事情がなければ、

心から悲しんではいけないの？

越えてはならない線がある

わたしはいつも不安に包まれている。ぬけ出そうにもぬけ出せない。むしろ、ずっとこのままのほうがいいのかも。安心して心をひらける場所が、わたしにはない。心の傷のせいで、トラウマのせいで、秘密にしていた自分の弱さが雪だるまのようにふくれ上がって、息がつまりそう。すべてをさらけ出すのが怖い。

被害者めいているけれど、あなたの心の、記憶の片隅にも残っていないことを、わたしは毎日思い出す。わたしを苦しめた言葉と行動、その瞬間をまざまざと。

そう、あなたは許しを請い泣いた。「ごめん、配慮がたりなかった。許してほしい」「すごくつらかったよね。気づかなかった。あんなこと言って、後悔してる」と。

ケンカしても、言ってはいけないことがある。

憎くても、越えてはならない線がある。

傷つけたあなたはもう覚えてさえいないのに、なぜわたしだけがひとり、すべてを抱えてまだ苦しんでいるんだろう。ずっと前に済んだことのはずなのに、なぜぬけ出せないんだろう。わたしはまだ、あのときの、あの瞬間に立ったまま。それなのに、なぜ無理して「大丈夫」と言ってしまうのか。ちっとも大丈夫じゃないのに。

縁をすっぱり切りたいけれど、そんなの無理。だって、楽しかった思い出をいまも大事にしてるから。「思い出」どころか「トラウマ」なのに。

傷つけることより、傷つくことを恐れ、わたしはまたつらい夜を過ごす。あなたも、わたしも、誰かにとって、忘れられない加害者であるはずだから。

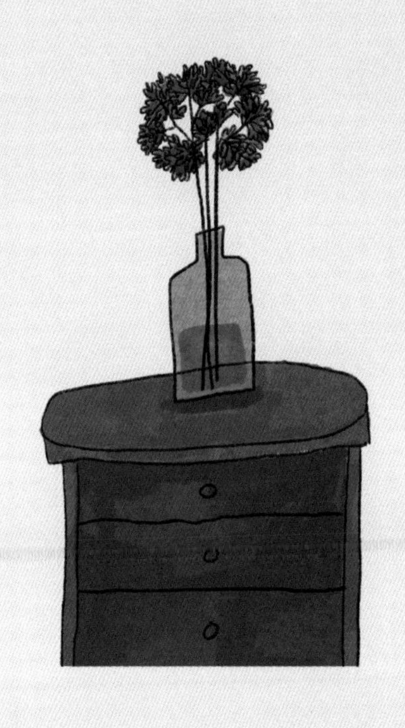

＊＊

縁をすっぱり切りたいけれど、
そんなの無理。
だって、楽しかった思い出を
いまも大事にしてるから。

わたしだけのストレス解消法

わたしだけのストレス解消法。
雨が降りしきる夏の日、
校庭で傘をささずに思いきり濡れること。

裸足で思いのまま踊り、へとへとになると、
校庭のど真んなかに寝ころんで、雨を浴びる。
傘を手に通りすぎる人たちがばかばかしく見える
その瞬間、
まさに生きていると感じるのだ。

雨のなかを裸足で歩き、
ずぶ濡れの服も、ちらりと向けられる視線も
何も気にならない。
はてしなく自由なその瞬間、
わたしははじめて、自分らしくなれるのだ。

消えたと思っていた
はずなのに

ふと、泣きたくなった。
書いた文章に込めた感情が、
巨大な波のように押し寄せる。

大事に作った砂の城が流されないようにと
城の前に壁を立ててみたり、
トンネルを掘ってみたり。

夜も眠れずびくびくしていた時間は報われず、
砂の城はあっという間に崩れて消えた。
本当に、大きな波が来たのだ。

すべてをさらい飲み込んだ海は、
まるで嘘のように穏やかになった。
ぽつんとひとり、ぼんやり海を眺めていると、
むなしくも、胸のすく思いがした。
ただの砂に未練を残すなということか。

小さなことにこだわるなということか。

すべてが崩れて消えて、やっとわかった。
わたしが守ろうとしていたのは、
中身のないからっぽの城。

「ああ、そうだったんだ」

なぜか気持ちが落ち着いた。
夜のとばりが下りるとともに、
空気が冷たくなってきた。
帰ろうとして腰を上げると、
手のひらで何かが小さく輝いた。

心の奥底から熱いものが
ふき出すようにこみ上げる。
ふと、わたしは泣きたくなった。

逃げるあなたへ

誰かが書き残した文章を、偶然読んだ。「逃げても大丈夫。逃げるあなたを応援します」。その瞬間、おなかの底から悲しみが突き上げ、「お願い、もう自由にして」と叫んだ。わたしもいま、逃げている。人生につきまとう自責の念から、少しでも遠く離れようとして。後悔もあるけれど、幸せだ。生きたかった。生きねばならなかった。息を吐き出さなければならなかった。置きざりにした多くのことを悔いて泣くときが来るとしても。いつか、堂々と胸を張ってもとの場所に帰り、わたしの人生すべてを抱きしめるまで、逃げつづける。そんな日々もいつかは終わる。だから、あなたも心配しないで。わたしたちは大丈夫。逃げたっていい。いまは、なつかしさや恋しい思いは心に隠し、時が満ちたらもとの場所に戻ればいい。わたしとあなたにエールを。

&booksの BTSセラー

V

**家にいるのに
家に帰りたい**

クォン・ラビン 著
桑畑優香 訳

定価：1,320円（税込）

RM

それぞれのうしろ姿
アン・ギュチョル
桑畑優香〔訳〕

**それぞれの
うしろ姿**

アン・ギュチョル 著
桑畑優香 訳

定価：1,540円（税込）

JIMIN

ESSAYS AFTER EIGHTY
死ぬより
老いるのが
心配だ
80を過ぎた
詩人のエッセイ
ドナルド・ホール・著　田村義進・訳
DONALD HALL
TRANSLATION BY YOSHINOBU TAMURA

**死ぬより
老いるのが心配だ**

80を過ぎた詩人の
エッセイ

ドナルド・ホール 著
田村義進 訳

定価：1,540円（税込）

5万部突破のベストセラー!!

「著者の言葉にとても癒され、共感しました」Vが心を動かされた韓国エッセイ

家にいるのに家に帰りたい

クォン・ラビン 著
桑畑優香 訳

定価：1,320円（税込）

四六変型判 204ページ
ISBN 978-4-7778-2751-0

“自分らしくいたい”あなたに寄り添う言葉たち。

2020年グラミーミュージアムのインタビュー内でVが最近心を動かされた本として「著者の言葉に癒され、共感した」と紹介し大きな注目を集めたエッセイ。著者の優しくまっすぐな言葉が“自己肯定感を高めてくれる”と共感の声が続々。不安やとまどい、孤独、愛の痛みと幸福、たとえようのない感情にそっと寄り添ってくれる一冊。

食べものの好みも、寝る時間もみんなバラバラ。
身長も体重も、瞳の色だって微妙に違う。
それを不思議に思わず、
自然に受けとめているように、
わたしたちは、ただ違うだけ。
間違っているのではなく、ただ違うだけだから。

――本文より

漫画家・
渡辺ペコさん**推薦！**
「言葉と情報の渦から離れて
ひとりで眼差せば、
世界はこんなに豊かに
語りかけてくれる。」

RMが
無言で投稿した
芸術家の
スケッチと
エッセイ

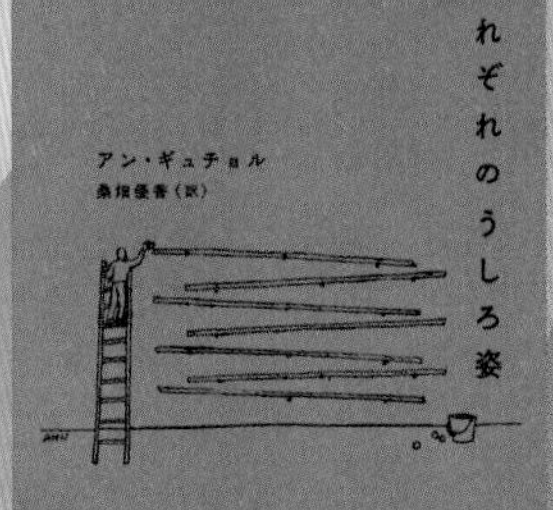

それぞれの
うしろ姿

アン・ギュチョル 著
桑畑優香 訳

定価：1,540円（税込）

四六変型判 292ページ
ISBN 978-4-7778-2870-8

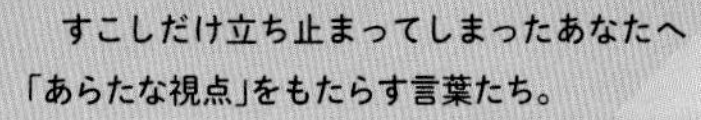

すこしだけ立ち止まってしまったあなたへ「あらたな視点」をもたらす言葉たち。

RMがファンのためのオフィシャルコミュニティ Weverseに本の一部を撮影しシェアしたことで話題のエッセイ。現代美術家のアン・ギュチョルがスケッチブックに記した67のエッセイとイラストは、わたしたちの思考をときほぐすと同時に、前向きな気づきを与えてくれる。

“まったく予想外のことでした。5月に釜山国際ギャラリーで開いた個展に、RMが来ました。意外にもRMが私に本を差し出しサインをしてほしいと言うので、何気なくサインをしたんです。すっかり忘れていた数週間後、出版社に本の注文が殺到していると聞きました。

『それぞれのうしろ姿』の最後のエッセイ「はがき」で、自分の文章を「宛先のないガラス瓶に入った手紙」にたとえましたが、突然多くの読者から注目を浴びるようになったのが信じられません。私が書いた文章の数々が見知らぬ遠くの誰かに共感と癒しを与えるのは、著者としてこの上ない喜びであり幸運です。”

――現代美術家 アン・ギュチョル インタビューより

たちまち
4刷！

BTSのアルバム
『BE』の
コンセプト会議で
JIMINが語った
話題のエッセイ

**死ぬより
老いるのが心配だ**
80を過ぎた
詩人のエッセイ

ドナルド・ホール 著
田村義進 訳

定価：1,540円（税込）

四六変型判　204ページ
ISBN978-4-7778-2885-2

桂冠詩人が綴った、“今”を自分らしく生きていくための言葉たち。

2020年11月にリリースされたアルバム『BE』のコンセプト会議でジミンが言及した一冊。自身の“So What（BTSの曲名）”を考えてみたとして本書をあげ「年をとったとか若いとか、年齢に基準を置かないで」というメッセージが込められているとシェアし話題に。“老いは未知で、予期できない銀河系でありつづけるが、人生は依然として自分のもので、そしてそれは続いていく。その人生もまた輝いて美しい”とドナルド・ホールは語る。

自身の癌、最愛の妻の死を経て80代になり、そこから見える風景、過去を振り返りながら今を生きることを静かに、リリカルに、そしてユーモラスに描いた爛熟のエッセイ。

死と年をとることについてありのままの現在を見つめる桂冠詩人のまなざしは、“今”を自分らしく生きていく方法について、さりげなく教えてくれる。

● この出版案内は2022年3月現在のものです。
● 定価はすべて税込み表示です。消費税（10％）が加算されております。
● ご購入方法：お近くの書店またはネット書店にてお求めください。
● 内容については編集部にメールでお問合せください。info@tg-net.co.jp

お問合せ先 ▸
辰巳出版株式会社
〒113-0033 東京都文京区本郷 1-33-13 春日町ビル 5F
TEL 03-5931-5920（代表）　FAX 03-6386-3087（販売部）
E-MAIL info@tg-net.co.jp　https://TG-NET.co.jp/

＊＊

逃げたっていい。

時が満ちたら

もとの場所に戻ればいい。

父に会いたくなる日

ラビンの物語

わたしが生まれた日、父は「母親かおなかの子か、選んでほしい」と医者から言われたという。どちらかを優先しないと両方の命が危険にさらされる。「人生で一番難しい選択だった」と父は語った。さいわい最悪の事態はまぬかれたが、わたしは一週間、保育器のなかにいなければならなかった。生まれたばかりの娘を抱くことができず、一日十分、眺めるだけの面会時間。「それでも最高に幸せだった」と父は言った。

心が押しつぶされそうな日には、父のことを思い出す。しんどいことがあって足どりが重くても、家のドアを開ける前にはいつも背筋を伸ばし、表情と声を整えた。父を心配させたくなかったから。でも、どう頑張っても、父の顔を見るなり涙があふれた。「どうした？」と聞く父に、「目にゴミが入った」と言い訳して、赤い目をめちゃめちゃにこすった。そんなことがあった次の日、父はわたしの好きなものを買ってきたり、「飲み友だちになろう」とグラスを差し出してきたりした。そんな愛を知っているから、どうしようもなくつらい今日みたいな日は、父に会いに行きたくなる。

いまにも消えそうなわたしの居場所。海に飲み込まれて消えてしまいそうな、わたしという孤島。まわりに水があふれ、だんだん息が苦しくなっていく。「飲み友だちになろう」。父の言葉がたまらなく恋しい。こんなふうに生きたかったわけじゃない。望んでいる道は、これじゃない。途方に暮れ、はてしない海をさまよう。叫ぼうとしても声まで奪われ、返らぬこだまが静けさのなかで、わたしをじりじりと追い込んでいく。

父に会いたい。

CHAPTER 2

つらい日々を
ただ受けいれている
だけのあなたへ

ベッドに寝ころび
スマートフォンにさわるとき

「ゆとり」とは、小さなすき間のようなもの。
ベッドに寝ころび空想にふける時間、
愛する人に会う時間、
一日を終えておいしいごはんとともに
一杯のお酒を飲む瞬間。
それらすべてが「ゆとり」だ。

そのすき間は、自分の心のありようによって
大きくなったり小さくなったり。
「そんなゆとりはない」と言いはるわたしは、
「すき間は大きくあるべき」と思い込んでいるのかも。

Descanso

願い

どうかわたしが幸せでありますように。

愛する人たちの幸福も願うけど、

わたしはわたしが一番幸せでいたいと思う。

クリスマスが来ないといいな

クリスマスが来ないといいな。子どもの頃、そう願っていた。期待しただけ失望は大きくなる。学校で友だちがプレゼントを自慢していた。わたしは、ただ沈黙するだけだった。

ある日、夢を見た。クリスマスツリーの根っこにたくさんの子どもが宿っている夢だった。地面を這う根に宿る子たちは、笑顔で楽しい時間を過ごしている。でも、地中に張った根に宿る子たちは、夢や希望、期待をすべて失い、身を寄せ合っていた。目を閉じて、あきらめたような表情で互いにからまり合う地中の子。きらめく地上に住まう子は、地中の様子など気にも留めず、自分の幸せにただ夢中だった。疎外された地中の子の数はどんどん増える。土のなか、どこかに埋まっているはずの夢と希望は、雪に隠されて踏みつけられた。

夢から覚めると、押し寄せる記憶に胸が締めつけられた。クリスマスは特別な日。誰もがハッピーであるはずの日。どんなプレゼントが届くのか、わくわくする日だった。だけど、そんな幸せはわたしには来なかった。プレゼントをもらえない子どもたちは、とてつもなくさみしい。みんなが幸福なのに、自分だけ仲間はずれの日だから。

＊＊

だけど、そんな幸せは
わたしには来なかった。

少しだけ後悔するか、
たくさん後悔するか。
違いはそれだけ

高校生のとき、同じ17歳なのに中学校に通っている友だちがいた。二年休学したという。理由も知らず、わたしはその子に意見した。

「なさけないな。みんな高校生なのに、まだ中学生だなんて。将来どうするつもり？　二年も遅れて後悔していないの？」

わたしのおろかで無神経な言葉に、友だちは笑顔で返した。

「二年間、やりたいことをやってきたし、親も認めてくれた。少し回り道をしたっていいじゃない。みんなと足並みそろえて生きなくてもいいよね。どんな人生にも悔いは残る。だったら少しだけ後悔するか、たくさん後悔するか。違いはそれだけ。なさけないなんて思わない。二年遅れたことも悔いてない」

わたしは、ひどいことを言った自分を恥じた。あのときのやりとりは、時が経っても深く心に刻まれている。偏見の塊（かたまり）だったわたしの、とがった心をあたたかく包み込んでくれたから。あの子の言葉で、わたしはひとつ、色眼鏡を捨てることができた。

他の人と同じ道を歩かなくてもいい。そう思えるようになった。どんな人生にも悔いが残るのなら、後悔が少ない道を選ぶという友だちの考えが、わたしの人生を変えた。

その子からはたくさんのことを学んだ。今日も後悔が少ない時間を生きようと挑んでいる。どんな人生にも悔いは残る。少しだけ後悔するか、たくさん後悔するか。違いはそれだけ。

⁂

他の人と
同じ道を
歩かなくてもいい。

利己的な心

ときおり顔をのぞかせ、ぷくっとふくれ上がる利己心。ときにそれは、自分の利益を追い求めるためではなく、自分を守る姿勢のあらわれだったりもする。理由も知らず、自分勝手に見える一部分だけを切り取って、わたしを判断する人もいる。なぜそうしたのか、理由を知ろうともしないで背を向ける人とは、距離をおけばいい。理由を聞いてくれる人、察してくれる人。ずっと寄りそっていたいのは、そんな人。いつかあなたの利己心がぷくっとふくれたとき、あなたの目を見つめ、察することができる人でありたいと思う。

間違っているのではなく、ただ違うだけ

食べものの好みも、寝る時間も、みんなバラバラ。
身長も体重も、瞳の色だって微妙に違う。

それを不思議に思わず
自然に受けとめているように、
わたしたちは、ただ違うだけ。

大切にされたいのなら、他の人のことも認めよう。
間違っているのではなく、ただ違うだけだから。

ずっと前から知っていた

会社勤めをしていたとき、中性的な雰囲気の美しい女性の先輩がいた。年齢も家も近くて、すぐに親しくなった。仕事終わりにお酒を飲んだり、ランチを一緒に食べたり。昼休みになると、先輩はきまって電話をかけるために席を外した。ある日、聞いてみた。「誰なの？ 彼氏？」「ううん、違うよ。さあ、食べよう」。先輩は言葉を濁（にご）した。

彼氏のことをたずねると、先輩はいつもそれとなく話をそらす。左手の薬指に指輪をはめているのに、不思議だった。それ以上聞くのはやめた。でも、いつのまにか気づいた。「きっと何か事情があるはず。恋人は女の人なのかも。後ろ指をさされると気にしてるのかな」。もちろん、口には出さなかった。本人が隠しているのに、たずねるのは失礼だから。たとえ先輩の恋人が女性でも、気にならない。性的少数者に対する偏見もなかったし、間違っているのではなく、ただ違うものだと思っていたから。

『みんなにワンジャが』という同性カップルの日常を描くウェブ漫画を読んだ。あるエピソードで、主人公は悩んだ末、知人に自分は同性愛者だと打ち明ける。ところがその知人は、他の人にもカミングアウトされたことがあると言って、特に驚く様子もない。主人公は、自分より先に勇気を出してカミングアウトした人に感謝し、「身近にいる三人にカミングアウトして、その人たちがありのままを受けとめてくれるなら、世のなかは少しずつ変わるかもしれない」と期待を抱く。

わたしも先輩にとって、そんな三人のうちの一人になりたかった。後ろ指をさしたり、冷たい視線を向けたりしないと伝えたかった。だけど、先輩が話してくれるまで待とうと思った。

しばらく経ったある日、一緒にお酒を飲んでいると、先輩が言った。「実はね、女性と付き合ってるの。へんに思われるかもしれないから黙っていたけど、あなたなら大丈夫な気がして」。わたしは答えた。「ずっと前から気づいてた。いつか話してくれるだろうと思って、あえて聞かなかった。今度、先輩の彼女と三人でお酒を飲もう」。それだけだった。いつもと何も変わらなかった。

それからまたしばらくして、先輩の彼女が感謝のしるしにと、わたしにコーヒーをごちそうしてくれた。でも、わたしは少し切なくなった。理解されたことに感謝する彼女たちにも、そんなふうにさせた、こんな世のなかにも。あたりまえの権利なのに、あたりまえじゃないことが悔しかった。

いろんな人がいる。わたしみたいな人もいる。ずっと前から知っていた。気にしなくたっていい。そう伝えたい。

色眼鏡に隠された真実

幼い頃からの詰め込み教育がそうさせたのか、わたしたちは偏見でゆがんだ色眼鏡をかけて生きている。異性に対する感情なら「愛」で、同性なら「友情」だと決めつけ、別の角度からは見ようとしない。重要だと考えられているのは、真実より、装うこと。だから、ジェンダー・アイデンティティにとまどうと、自分を否定し隠そうとするのだろう。

そんな現実がもどかしかった。同情ではない。必要のない罪の意識を背負って生きる人たちを思うと、やるせなかった。ただ違うだけなのに。色とりどりの花が咲く草原にいても、目をふさぎ、現実を見ようとしない。わたしたちはそんな教育を受けてきた。

言葉の重み

ひとことは重い。
その重さは、それを言った人に返ってくる。
良い言葉であれ悪い言葉であれ、その責任は、
相手ではなく、言った自分のもとに舞い戻る。

ゆっくりでも大丈夫な理由

赤ちゃんがしゃべり出す時期は、平均的に生後18カ月から20カ月だという。その頃になっても言葉を話さないと、親はその子に何か問題があるのではないかと心配する。ポータルサイトの検索窓に「赤ちゃんが言葉を」と入力しただけで、「赤ちゃんが言葉をしゃべらないのは、なぜ」のような関連検索ワードが出るほどだ。

でも、人生の出来事ひとつひとつに「平均」なんてあるのだろうか。大人になったわたしの人生も山あり谷ありで、思いがけないことばかり。小さな赤ちゃんだって、同じはず。ゆっくりでもあせることなんてない。あせりが生んだ早期教育が、子どもをさらに苦しめることもある。

わたしたちは、一年ごとに新しい年齢を重ね、一日ごとに新しい今日を過ごす。まわりの視線と数字だけで決められた基準と比較して、「遅れている」と自分を責めるのは、自分をむしばむだけ。「遅い」のではなく、「マイペース」なのだから、急がなくて大丈夫。わたしたちは何千回も転び、立ち上がり、歩きはじめた。子どもも大人も、他の人のスピードに合わせる必要なんてない。ゆっくりでも大丈夫。

いつもイヤホンを
片耳だけにつけている友だち

ある日、仲良しの友だちが思いつめた表情で切り出した。「実は、片方の耳が聞こえないの。もう片方の耳の状態もよくなくて、うまく聞き取れない。大きな音がすると耳も頭も痛くなる。だから、いつも片耳だけにイヤホンをして音楽を聞いているんだ」。まったく気づかなかった。友だちがハンディキャップを克服しようとすごく努力をしていたことを、そのときはじめて知った。

わたしにも体や心、性格に隠したい弱みがある。ストレスで記憶が飛んだり、ときどき幻聴が聞こえることを、その友だちに打ち明けた。弱さを互いにさらけ出しても、関係は変わらなかった。気づかいを無理強いするのではなく、ただ、お互いの違いをまるごと受けいれた。

変わったことは何もない。わたしたちはいまでも変わらず友だちで、つまらないことでケンカして仲直りする。あるとき、友だちが「ありがとう」と言った。わたしは答えた。「わたしこそ、ありがとう」

＊
＊

わたしたちは
いまでも変わらず友だちで、
つまらないことでケンカして仲直りする。

夜より昼に危険を感じる人

ウェブ漫画を読むのが好きだ。さまざまな視点で描かれるたくさんの物語を通じて、未知の世界を間接的に経験し、考える糧（かて）を得られるから。

お気に入りの作品のひとつが、『わたしは耳が不自由』だ。聴覚障がい者である作者が日常で体験し、感じたことを盛り込んだストーリーは、わたしが知らないことだらけだった。

『わたしは耳が不自由』で知ったのは、聴覚障がい者は夜よりも昼に危険を感じるということ。昼間は、狭い路地で車にクラクションを鳴らされても気づかない。でも、夜はヘッドライトの光で、車を避けることができる。だから、車がヘッドライトをつけない時間帯に細い道を通るときは、事故を恐れて、壁にすり寄るようにしながら歩くのだという。

ウェブ漫画を読んで、友だちのことが心配になった。「狭い路地を歩くとき、イヤホンをしないで」と伝えると、「あの漫画の主人公と同じような経験はよくあるけど、他の人に迷惑をかけないようにしている」と友人は言った。わたしはやるせなくなり、泣きたくなった。

少しずつ、お互いを思いやることができたら。同情ではない、思いやりの心で。もちろん、相手のすべてを理解するのは難しい。けれど、その思いやりが少しずつでもゆっくりと積もって、あたりまえの日常になったら。そうすればきっと、もっとあたたかい世のなかになるんじゃないかな。

あなたのために灯をともす

「アンニョンハセヨ、ラビンさん。誰にも打ち明けられず、メッセージを送ることにしました。わたし、中絶手術を受けたんです。子どもの父親とわたしは、どちらもひとり親家庭に育ち、それぞれに借金がありました。わたしの健康状態もよくありませんでした。それに、自分の幼い頃を振り返っても、同じような環境で子どもを育てたいとは絶対に思えなかった。わたしにも母親がいなかったので、ラビンさんの言葉がすごく心に響きました。

とはいえ、決して良い選択だったとは思いません。一生心のなかで背負っていかねばならない罪です。手術をしてから毎日ひどく落ち込み、何度も子どもを失う夢を見ました。泣きながら目を覚ますこともしばしばで、あの子に手紙を書いたり、服や靴を買ってみたりもしましたが、どうしても自分を許すことができません。街で、妊娠している人や、両親と手をつなぐ子どもの姿を見るたび、涙がこみ上げます。

名前を呼ぶことも心臓の音を聞くこともなかったあの子に『ごめんね、愛してる』と伝えたい。そんな資格はないと言われても、『愛していないからそうしたのではない』と伝えたい。あの子は天国にたどり着けたのか。おろかな親の顔を見ることもなく逝ったわたしの子に、ひたすら申し訳ない思いでいっぱいです。

あれから一年近くが経ちました。わたしはぎりぎりの状態で生きています。心は朽ちていくのに、食べていくため、どうにか日常を維持しています。わたしの心があの子に届きますように。そう願いながらひとりごとを書きました」

メッセージを読んで、気づけば号泣していた。この人は、自ら傷口を切りつけつづけている。忘れてはならないという罪悪感のためだろう。明かさないだけで、彼女のような人はたくさんいるはず。ひとりで背負うしかない現実と人生をそのまま受けいれているあなたのためにわたしは文章を書いて灯をともす。罪の意識に溺れずに、より良い人生を送ることを、いつかあなたが幸せになることを祈りながら。

＊
＊

ひとりで背負うしかない現実と
人生をそのまま受けいれている
あなたのために。
より良い人生を送ることを、
いつかあなたが幸せになることを
祈りながら。

幸せのものさし

わたしの幸せのものさしは、他人ではなく自分。
まわりから見れば「つまらない」ことも、
わたしにとっては塵(ちり)ではなく、宇宙。
しんどさだって同じ。
幸せもしんどさも、
すべての基準は自分で決める。
押しつけがましくマウントを取り、
他者をさげすむ人は、おことわり。

＊
＊

「お前はお前だから
他人を納得させなくていい」
——ドラマ『梨泰院クラス』より

むやみに誰かを憎まないで

人生は因果応報。発言や行動はすべて自分に返ってくる。良いことであれ悪いことであれ、大きくふくれ上がったブーメランとなって舞い戻ってくる。まだ短くも長くもないわたしの人生においても、そんなことをたくさん目にしてきた。自分自身もそうだった。誰かを嫌い、その人をうらむ心は、さらに自分を苦しめるだけだと知ったいまは、むやみに誰かを憎まない。

わたしも誰かを死ぬほど憎んだことがある。仕事をしているときも、道を歩いているときも、キッチンでお皿を洗っているときも。煮えたぎる相手への怒りとうらみの渦に何度も押し流され、もがいていた。幸せを感じなかった。いっそ忘れてしまえばいいのに、できなかった。ふつふつとこみ上げる感情は、心をかきむしり、深い傷を刻んだ。

でもいまは知っている。誰かを憎む心は、結局自
分を傷つけるだけだということを。

何もできないと思ったとき

仕事で無理をしたせいか、生活習慣が乱れたためか、去年の九月、体に赤信号がともった。腰と骨盤に激痛が走る。じっとしていてもしびれ、座って食事をすることさえ難しかった。医者の診断は、椎間板ヘルニア。脊椎と骨盤がゆがみ、左右の足の長さが合わなくなっていた。仕事どころか横になるのもままならない。毎晩のように泣きあかし、三ヵ月間、病院やトイレに行く以外はほとんどベッドに臥せていた。体重が増えて、鏡に映る自分に、「こんな体じゃ何も……」と、また気持ちがしぼんでしまった。

このしんどさを、誰かと分かち合いたい。同じつらさを抱えた仲間を求め、ヘルニアを患う人が集う、あるコミュニティサイトを訪れた。そこでメッセージをやりとりしながら、笑顔を取りもどすことができた。わたしよりもっと深刻な症状の人や、つらい体で兵役をこなす人もいた。「輝いていた自分が、まだ若いのに何もできなくなった。そう思うと、無力感にさいなまれる」。その言葉に首がもげるほどうなずいた。異なる人生を歩んできた人たちが、ヘルニアという共通点だけで通じ合う。「痛みを分かち合うだけでも癒やされる」という言葉が、あたらめて身にしみた。同じ苦しさを経験したからこそ、あなたを理解できるのだ。

それぞれがきらめく星

恋人とソウルにあるホテルのレストランに行った。「お世話になったお礼に」と、彼の知り合いが食事券をプレゼントしてくれたから。生まれてはじめての背伸びしたデートに、エレベーターで41階まで上がるあいだも、そわそわしていた。レストランに一歩足を踏みいれた瞬間、高層階の窓から広がる絶景に、思わず言葉を失った。ドラマや映画でしか見たことがないような空間に、彼と一緒にいる。心が躍る反面、ふと思った。「わたしがこんな場所に来てもいいのかな」。お財布に入っていたのはわずか数千ウォン。自分の現実とはかけ離れたところにいる。そんな気がした。

落ち着きはらったふりで、ロボットのようにギクシャク食事をしていると、ほのかに茜色だった空が、絵の具がにじむように藍色がかった黒い色に染まっていく。数えきれないほどの車のライトとビルの灯りが、床に星をばらまいたように光を放ちはじめた。「こんなに高いところから眺めるソウルの夜景は、なんてきれいなんだろう」と圧倒されつつ、ちょっと不釣り合いな服を着ているような気分にもなった。すぐ現実に戻らなければならないシンデレラのようだと感じていたからかもしれない。大好きな人と一緒にいるだけで幸せな夜のはずなのに。

真夏の夜の夢のようなディナーの後、国家試験を目指す苦学生が多く住む鷺梁津（ノリャンジン）を訪れた。通りを、分厚い本やノートパソコンを手に、疲れた表情の人たちがせわしなく行き交う。「なんか、みんな疲れてる。あの人たちの元気を奪ったのは誰？」。しばらく黙っていた彼が答えた。「そうだね。誰かな」

人によって異なる日常の「一日体験コース」に参

加しているみたいだった。出かけるたびに新鮮な気分になるソウル。その日はとりわけ、魔法が解けて現実を見たシンデレラのような気分の、特別な夜だった。椅子に座って通りすぎる人たちを眺め、顔を上げたら、夜空に一等星が輝いていた。そのまわりで瞬くたくさんの小さな星。誰もが身を削るような日々を送るのは、もしかしたら一番光る星を目指すせいかもしれない。それぞれがきらめく星なのに。輝く場所は自分で決めれば、それでいい。自分が幸せなら、それでいい。もしかすると、わたしたちは自分に厳しすぎるのかもしれない。大きく、小さな、一瞬の幸せに気づいていない。わたしも、あなたも。

人生は矛盾

「わたしは水のなかに棲む魚だけど、
雨に濡れるのは嫌いです」

この文章のように
人生もまた、矛盾の連続だ。

しわくちゃにならない勇気

踏みつけられても、
しわくちゃにならない勇気。
びりびりに破かれ無視されても、
ダメにならない勇気。
わたしは決してしわくちゃにならないという心。
自分という紙のしわをきれいに伸ばし、
わたしだけの色で絵を描く、
しわくちゃにならない夢。

自分を探す道

ある人が言った。「あなたの文章には、嫌いなものを好きにさせる力がある。一文一文に共感を呼びおこす力がある」と。シンプルだけど、決して軽くない文章。わたしはずっと、そんな文をつむぎたい。収入にこだわるつもりはないけれど、暮らしは日々ずしりと肩にのしかかる。やりたいのは言葉を生み出すこと。でも、そのためには食べていくお金も必要だ。

文章がとびぬけて上手いとは思わない。もっと才能あふれる人はたくさんいるから。だけど、書くことを愛する心では、負けないつもり。そのためか、誰かが軽く投げたささいな言葉に、敏感に反応してしまうこともある。わたしはいま、ぐらぐら揺れる心の上に立ち、必死にバランスを取ろうと耐えている。

自問をくり返し、最後に浮かんだ問いは、「自分は何者か？」「目指す究極の目標は何か？」だった。わたしにとって書くことは、自分を探し求める道のりだった。それは、わたしだけではないだろう。青春時代に悩む人、人生の成熟期を迎える人、それぞれがきっと自分を探す道の途中にいるはずだ。

ずっと変わらず大切なもの

冷蔵庫の一番上の段に、古びた容器がひとつ。
「これ、何？」とたずねると、父が答えた。
「父さんの宝物」
祖母の味噌チゲが大好きだった父は
祖母が亡くなった後も、
手作りの味噌を食べることも捨てることもできず、
そのままにしていた。
愛する人をなつかしむ気持ちは、
時を経てもずっと同じ色のまま。
味噌は祖母が父に残した愛だったから。

⁑

あなたをなつかしむ気持ちは

時を経てもずっと同じ色のまま。

母がいない子

ラビンの物語

「神はすべての人を見守ることができないため、母なる存在を創造した」。英国の小説家、ラドヤード・キプリングの言葉だ。わたしはこのフレーズが、大嫌い。

9歳のときに両親が離婚して、わたしと弟は父と暮らすことになった。はじめて生理がきた日は、恥ずかしくて父に打ち明けられなかった。顔を見て話すなんて、とうてい無理。悩んだ末に電話で伝えた。どきどきしながら話を切り出したわたしに、父はこう言っただけだった。「そうか」。ただ、それだけだった。

本やテレビの世界では、初潮を迎えた女の子はお祝いしてもらうのがあたりまえ。わたしも同じように祝ってほしかったのかもしれない。その後もずっと、生理がくるのが恥ずかしかった。父に生理用ナプキンを買ってほしいと言い出せない。母親がいないことで、わたしの心には小さな穴がぽつぽつとあいていった。母にそばにいてほしかった。見守ってくれる人が必要だった。信頼して助けを求められる存在がほしかった。

はじめてブラジャーを買ったときも同じ。友だちの母親や父の友人の奥さんが店についてきてくれた。思春期のわたしにとって、それはとても恥ずかしいことだった。大人になったわたしは、月に一度、ちょっとぜいたくなかわいらしい下着を自分に贈っている。かつての「わたし」を救ってあげたいから。

父と別れたとき、母はまだ29歳だった。わたしたちのもとを去った当時の母の気持ちを推しはかろうともしたが、わたしの心にできたあざは消せなかった。誰かと付き合い、ふたりの未来を描こうとするとき、そのあざはいっそう濃くなる。ドラマや映画や小説の主人公なら、結婚しても実家の母親が味方になってくれる。だけど、わたしに母はいない。出産後に助けてくれたり、手作りのキムチやおかずをもたせてくれる、そんな母は存在しない。夫とケンカして実家に戻っても、母が迎えてくれることもない。他の人にはあたりまえのことが、わたしにとっては、まったくありえないこと。

ずっとずっと母親を求めていた。去った母ではなく、わたしに愛情を注ぎ、見守ってくれる母親という存在がほしかった。傘もささずにいつまでも雨に打たれていたように、ぐちゃぐちゃだったわたし。誰かに頼ることも、思いやりを素直に受けとめることもできず、つらくても「つらい」と言えない自分になってしまった。そんな自分の現実をうらんでばかりいたけれど、ふと目を開いて見渡すと、わたしのような人がたくさんいると気づいた。

だから、「神はすべての人を見守ることができないため、母なる存在を創造した」という言葉が大嫌い。さりげないその言葉に、わたしは涙を流す。傷ついた心に鋭くちくちく刺さるから。小舟のようなわたしはいま、方角を見失い、広い海をさまよいつづけている。

CHAPTER 3

わたしたちが
別れた理由が
わからないのなら

存在の空席

もともと何もなかった場所に、あなたがいてくれた。
だからあなたが不在となったいま、
そこは空席になってしまった。
存在とはそんなものだ。

別れのサイン

「ああ、そう。好きにすれば」。
それはとてつもなく怖い言葉。
これ以上相手に関心が持てなくなり、
ふたりの関係が
終わりに近づいているというサイン。

終わらせることも
やめることもできない関係

わたしがあきらめれば終わる、ぎりぎりの関係。
すでに終わっていると知りながらも
手放せないでいる。
わたしはそれを愛と呼ぶ。
片思いでもないことが、残酷でむなしい。
あなたを傷つけたくない。
関係を断ち切るナイフはわたしが握っていると
気づかないふりをするのは、つらい。
終わらせることもやめることもできないわたしは、
おろかで悲しい。

それは愛じゃない

あなたは言った。「そういうきみが好きだ」と。違うからお互い惹かれ合ったわたしたち。でもあなたはいま、そういうわたしを嫌いになった。どうして？　わたしはすべてを受けいれたのに、あなたはわたしを変えようとするばかり。あなたの目が、あなたの求めるものが、変化しただけ。違うからこそ惹かれ合ったのに、違うからこそ別れるわたしたち。

あなたは捨てたけど、わたしは捨てられなかったもの

冬のコートのポケットから出てきた
あなたと飲んだコーヒーのレシート、
カバンに入っていたあなたと観た映画のチケット、
財布にしまっていた色あせたわたしたちの写真。

あなたは捨てたけど、
わたしは捨てられなかったもの。

あなたは捨てたけど、
わたしは捨てられ
なかったもの。

ラジオを聴いていたら

仕事でくたくたになって、タクシーに乗った。時間に追われていたら、すっかり日が暮れていた。暗い窓の外を流れる街の灯りをぼんやり眺めていると、運転手がカーラジオをつけた。いつもなら聞き流すラジオに、なぜだか耳を傾けた。

「彼と一緒に食べようと、ごはんを炊きました。とびきりのお米をふっくら蒸らして、炊き上がりも完ぺき。湯気がふわっと立ちのぼり、家中おいしそうな匂いに包まれました。それなのに、彼は『ごはんよりパンがいい』と言いました。たくさん食べる彼のためにいっぱい炊いたのに。帰りを待っているうちに、すっかり冷めてしまいました。食卓でひとり、冷たいごはんに箸をつけましたが、食べても食べてもごはんは減りません。のどにつまって涙があふれてきます。そのときはじめて実感しました。彼とは終わっていたことを」

まるで自分の心を読み上げられているみたいだった。タクシーのなかで泣きじゃくった。彼と別々の道を歩みはじめたばかりで、生きている実感もない日々。流され、壊れていくわたしの気持ちを理解してくれた人はまわりにはいなかった。ラジオで紹介されたハガキは、自分だけではないと教えてくれた。心をおおっていた黒い雲に、ひとすじの光がやっと差し込んだ。

それ以来、タクシーに乗るといつもラジオを聴いている。あの日のハガキの彼女がどうしているか、元気でいるかと思いながら。

一番怖い怒りは、沈黙

「一番怖い怒りは、沈黙だ」という。きっぱり背を向けるのは、非情だからではない。わたしは精一杯やったのに、あなたはそれをあたりまえと受けとめ、返さなかっただけ。これ以上言葉では解決できないとわかっているから、あえて理由は言わずに切るしかない。わたしは愛されるべき人だから、愛することを大切にできない関係は、自分のために切り捨てるだけ。

ささやかなことが一番大切

ささやかなことをあたりまえだと思いはじめた瞬間、小さなひびが入る。どんな関係でも同じこと。親しい人ならなおさら。けれども人は、そのことを忘れてしまいがちだ。たとえば、レストランでさりげなくわたしの前にスプーンを置いてくれたり、水をついでくれたりするのも愛なのに。あなたが気づかないだけで、愛はどこにでもあふれている。小さな思いやりや愛を、あたりまえだと思わないで。「ごめん」「ありがとう」「愛してる」と言葉で思いを表現して。ささやかなことが一番大切。愛と人間関係は、あたりまえだと思いはじめた瞬間、静かに崩れていく。

⁑

ささやかなことこそが

もっとも大切だと知っている人。

わたしたちが別れた理由が
わからないのなら

別れた理由がわからずに、
まだ気にしているのなら、
理由を理解できないあなただから
別れたということ。
なんでもあたりまえだと思う心のせいで
あなたは別れた理由さえ
わからなくなってしまった。
親子の仲にだって
「あたりまえ」なんてないのに。
世のなかのどんな関係にも
「あたりまえ」なんてないのに。

世界で一番近い人から一番遠い人に

別れなければよかった。こんなにも家のあちこちに、一緒に行ったすべての場所に、あなたの姿が見えるのに。「タチウオの煮つけが食べたい」と言ったら、すぐに材料を買い、作ってくれたあなたの背なか。「自分が皿を洗う」とお互い譲らずケンカしたわたしたち。写真にうつる幸せそうなふたり。あなたが置いていった指輪。ひとつひとつの思い出に涙がこみ上げる。愛してると言わなくても、見つめ合うだけでわかり合えていたはずなのに。世界で一番近い人から一番遠い人になってしまった。街でわたしと偶然再会しないように遠回りしているといううわさを耳にして、どうしていいのかわからなくなった。心にぽっかり穴があいたまま、なんとか暮らしている。いつまでも終わらない愛。あなたを忘れられるときが本当に来るのかな。こんなに苦しむのなら、別れなければよかった。

愛が残っていたら不可能な話

「別れて関係が終わった」と言えるのは、

相手を愛する心が

すっかり消えてこそ可能なこと。

愛が少しでも残っていたら

きっぱり別れるのは不可能なはず。

だって、愛はコントロールできないから。

ホンモノとニセモノ

街灯の光にだまされて、月だと信じた。

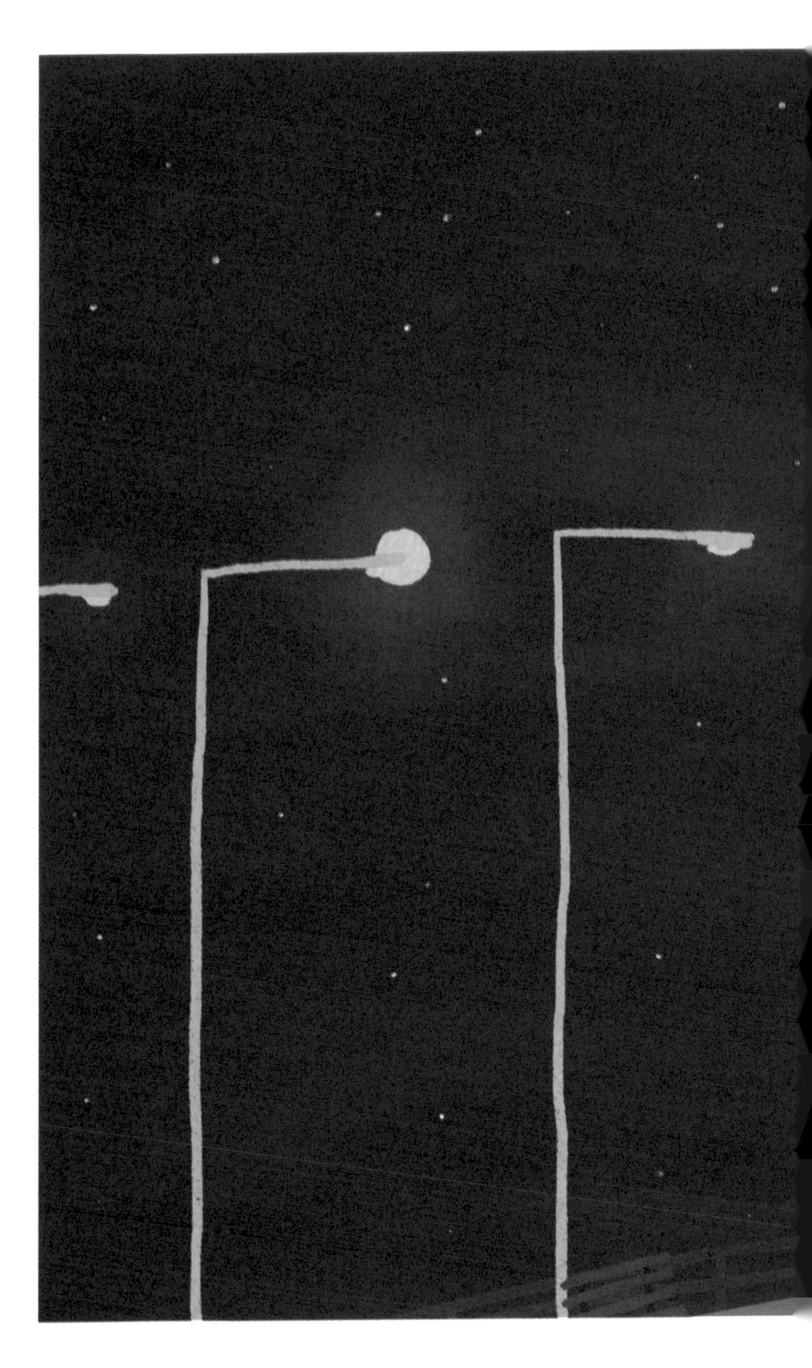

もしかすると、
いまもあなたを待っている

彼と別れたばかりの頃。気持ちを整理しようと夜の公園に向かっていると、冷たい風が吹いてきた。ベンチに座って空を眺めていたら、子犬と散歩していた人に「ちょっとコンビニに行ってくるので、犬を見ていてもらえませんか」と頼まれた。もちろん、喜んで引き受けた。わたしが抱いているあいだ、子犬は飼い主が消えた方向だけをじっと見つめ、ずっとそわそわしていた。

きっとこの子犬にとっては、飼い主がすべてで、世界そのものなのだろう。恋に落ちたわたしも、あなたがすべてだった。もしかすると、わたしはいまもあなたが戻ってくるのを待っている。おろかだとわかっているけど、あなたが帰ってきたら走って胸に飛び込んでいくだろう。

子犬の飼い主があたたかい缶コーヒーをわたしの手のひらにのせた。「寒いですね」と。その温もりに涙がこぼれ落ちる。子犬のもとに飼い主は戻ってきたのに、なぜあなたは帰ってこないの。わたしたちはなぜ、別れなければならなかったの。

わたしだけが片思い

わたしは受けいれ、あなたは受けいれなかった。
あの瞬間、あのときの選択。
そんなわかれ道を何度も通りすぎ、
わたしたちはいま、違う場所を見ている。
わたしはあなたの後ろを、
あなたは自分自身の前を。

あなたが見ていないところにあるわたしの愛。
わたしの気持ちに気づくかな。
たぶん、きっと気づかない。
あなたの前に立つと、
わたしは小さくなってしまうから。

ときおりむしょうにむなしくなる。
あなたは手でつかもうと追いかけても
つかむことができない雲のよう。

かなわないとわかっているのに、
いまもあなたが好き。

あなたもわかっているはず。
恋に落ちた心は思いどおりにならないことを。

だから、悲しい。
一緒に歩む未来を夢見ていたのに。
結婚を、わたしたちにそっくりな子どもを、
幸せな未来を。

いまも会いたい、いまも恋しい。
忘れられないあなたへの思いがいっそう募る。
なのに、ふたりの見ている場所はもう違う。
その事実が苦しい。

わたしがあなたなら、いまもわたしを愛するのに。

＊
＊

あなたもわかっているはず。
恋に落ちた心は
思いどおりにならないことを。

手紙の重さ

一枚の手紙にこんなにも
重い心が込められているということを、
受け取る人が気づきませんように。
思いを手紙で届けるなら
ずっしりと重い心をふわっと軽く伝えたい。
便せんが涙で濡れるほどの
気持ちをさとられないように。

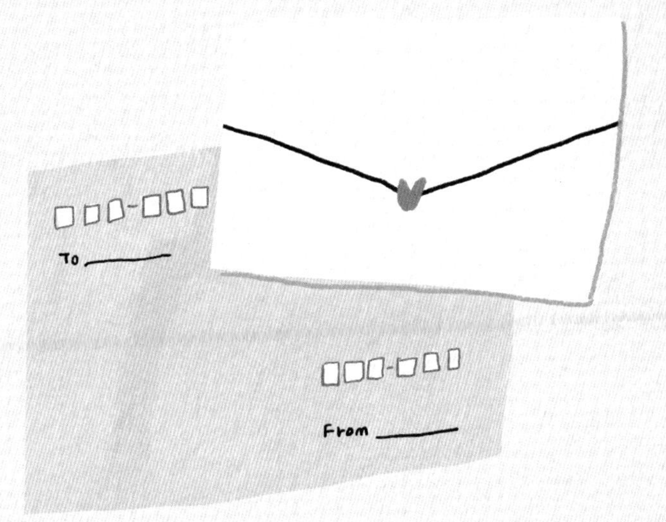

To
From

別れのタイミング

人間関係は、お互いの心だけでは保てない。
どうにもならない状況に
あらがえないこともある。
乾いていないインクに水をこぼしたら、
文字はにじんで読めなくなる。
そのタイミングが運命を左右する。

大切なことを忘れた罰

大切なことを忘れた罰を
最後に受けるのは、あなた。
世のなかに
あたりまえのことなんて何もない。

夢を、愛を、あきらめるしかなかったあなたへ

好きなものを嫌いになろうとして
何度も何度も傷ついた。
それだけでもじゅうぶんつらいのに。
嫌いになっても未練が残り、
かゆくもないのにかきむしった心は
たくさんの傷や痛みで、きっとぼろぼろ。

人間関係の枝を切るとき

枝を切って木を整える必要があるように、
人生にも人間関係を自ら切って、
整えなくてはならない日が訪れる。
それは間違ったことじゃない。
枯れたり腐ったりした関係を、
自分のために刈り込むだけ。
そのときが来たらばっさりと切る。
わたしという木が花を咲かせ、実を結ぶために。

出会いと別れのくり返し

果実は木をなつかしむ。
木にたくさんの思い出をつけたまま、別れたから。
人生では出会いと別れをくり返す。
でも、なつかしさは残るもの。
愛し合った瞬間、
わたしたちは熟した果実だったから。

＊＊

なつかしさはどこへ行くのか。

なつかしいものは、ただなつかしいだけ。

記憶

記憶とは、クローゼットの奥にしまい込まれた服のよう。着たいものもないけれど、捨てたいと思うものもない。

学びのルール

人生で大きな学びを得るのは、たいてい持っていたものを失ったとき。失くしたあとで悔いても、取り返しのつかないことがほとんど。良い出来事からも学べる機会がたくさんあればいいのに。でも、人生はそんなに甘くない。人生は長く、学びに終わりはないという。だったら、いくつ大切なものを失えばいいのだろう。大切なものと引きかえに得るくらいなら、学びなんていらない。もうこれ以上、何も失いたくない。

海からの手紙

夜の海は真っ暗なのに、白く砕ける波が見える。いろんな人が残した思いが漂い、海に絶え間なく波を起こす。満ち潮とともに打ち上げられるのは、かつて海に捨てたはずの心。「もう一度受けとめて」と海が教えているのかな。引き潮で流されていくのは、誰かに届けたかった心。「潮の流れにのせて、その思いを伝えよう」と海が語っているのかな。いつの日か届くあなたやわたし宛ての、海からの手紙。

もう一度愛を夢見る

「また誰かと出会って、愛せる自信がありません」

20代後半で人間関係と愛に疲れたわたし。恋をすると心がすり減る。ひたすら愛し、はてしなく努力した。それでも去っていく人の背なかを見ながら、何度も泣いた。

愛に年齢は関係ない。「若いきみにはわからない」という人もいるけれど。若くても誰かを愛しぬき、愛のために傷つくことはある。わたしは本気で愛に苦しんでいた。

大人といわれる年齢になっても、自分の心も他人の心もよくわからない。いくつもの恋を失い、運命の人だと信じた彼も去っていった。わたしは誓った。「未練がましい思いはもうたくさん。二度と誰も愛さない」と。

それなのに、愛はすぐにまた心の窓に降りそそぎ、夕日が空を赤く染めるようにわたしを照らすだろう。いつか本物の愛に出会えるのかな。夢見るわたしは、知っている。愛がふたたび訪れたなら、わたしはまたすべてを投げ出すだろう。その人を愛したい、愛されたいと願いながら。

⁂

夢見るわたしは、
いつか本物の愛に
出会えるかもしれないと
願っている。

愛って何だと思いますか？

ラビンの物語

「愛とは何か？」と問われたことがある。ひとことで愛を定義するのは難しい。だから、わたしはこんなふうに答えた。

春のある日、彼とはじめての旅行に出かけました。ところがわたしは家の事情で、待ち合わせに二時間も遅刻しました。「大丈夫だよ。本当に大丈夫」と彼は言いました。ずっと待たされていたのに、しきりにあやまるわたしを安心させようとしたのでしょう。

彼が前もっていろいろ調べてくれたおかげで、すてきな場所で幸せな時間を過ごしました。おいしいお店やおしゃれなカフェを訪れた後、わたしがネットで見つけた桜で有名な公園に向かいました。でも、途中で道を間違え迷ってしまい、結局公園にはたどり着けず、楽しみにしていた満開の桜は見られませんでした。この日のために買った靴も合わなくて足が痛み、もう最悪の気分。彼が準備したデートコースは完ぺきだったのに、わたしがすべてを台無しにして、心苦しかった。

夕方になって、わたしが予約したホテルにタクシーで向かいました。ホテルは街のはずれにありました。着いたときには、近くのレストランはすでにどこも営業を終えていて、行きたかったレストランはホテルからとても遠くにありました。もっとちゃんと調べて準備すればよかった。わたしは自分を責めました。

でも、彼は怒るどころか、嫌みのひとつも言いません。「大丈夫。こんなことで怒らないよ。大好きなきみが悲しんでいるのを見るのがつらい」と言って、抱きしめてくれました。うれしくて、申し訳なくて、涙があふれました。

ふたりでたくさん話をしました。シャワーの後、彼がわたしの長い髪を一時間もかけて乾かしてくれました。顔にシートマスクをつけたまま、いつのまにかベッドでうとうとしていたわたし。ふと、彼がシートマスクを外そうとしているのに気づきました。わたしを起こさないようにと気づかいながら、そっと触れる彼の手。そのとき、半分夢のなかでこう感じました。

「ああ、これが愛なんだ」

一度も怒らず、いらだつこともなく、落ち込んでいるわたしを抱きしめてくれた彼。あのとき、わたしは確かに彼に愛されていました。愛されたからこそ、はっきりと気づくことができました。「これが愛なんだ。最悪の旅行じゃなくて、最高の旅行だったんだ」と。

CHAPTER 4

わたしたちは
ふたたび
恋をする

あなたにとってわたしは

あなたにとってわたしは、
どんな存在だったのか。
わたしにとってあなたは、
奇跡のように訪れた人生の春だった。

こんな人に出会いたい

ささやかなことを大切にする人、
愛情や思いやりをあたりまえだと思わない人、
嘘をつかない人、
自然に惹かれ合い、ずっと一緒にいられる人。
このすべてがありふれているけれど、
大切なことだと知っている人。
こんな人に出会いたい。

＊
＊

自然に惹(ひ)かれ合い、
ずっと一緒にいられる人。
こんな人に出会いたい。

ずっと心に残る贈りもの

誕生日でも記念日でもないある日。
わたしが好きな色、
紫色のスターチスの花束を手に、あなたは言った。

「花言葉は『永遠に変わらない心』。きみを愛してる」

あなたのかけた魔法は、
ごく平凡な日を特別な日に変えた。
花言葉と一緒にもらった、
ずっと心に残る贈りものが
わたしを笑顔にしてくれた。

statice

いつもあなたのそばに

あなたの名前をただ何度もくり返す。ずっと、あなたの名前を呼んでいたわたし。いらだつこともなく返事をしていたあなたが、ぽつりと言った。

「いなくなったりしないよ。ぼくは、ここにいる」

そのひとことに、こらえていた涙がどっとあふれた。あなたはどうして、わたしの心が見ぬけるの。

きっと、これが愛なんだ。愛する人の前では、悲しみを隠そうとしても隠せない。あなたはかっこいいことも言わず、泣いているわたしを慰めようともしなかった。ただ、そばにいてくれた。

＊
＊

あなたの前では、わたしは
わたしのままでいられる。

違うけど同じ

子どもの頃、ストレスを感じるたびに、自分を傷つけた。だから左手首には、いまでも傷あとが残っている。いつからか、恥ずかしくてつらい過去を隠そうと、人前では無意識に左の手首を見せないようになっていた。

ある日、彼がわたしの左手首をぎゅっとつかんだ。ビクッとして手をふりほどき、「さわらないで！」と叫んだ。すると彼は「ちょっと触れてもいい？」とたずねて、手首をじっと見つめてやさしくなで、穏やかに言った。「ぼくは気にならないよ」

わたしの傷を特別視しない彼の前では、わたしはわたしのままでいられる。彼の言葉がうれしかった。「他の人とは違うけど同じ」と教えてくれたあなたに、心のなかでありがとうと言った。あなたはきっと、ちっとも気づいていないけど。

それにもかかわらず

愛されたい。
どんなにたっぷり愛を注がれても、
満たされることのない、
割れてしまったお皿のようなわたし。
それでもわたしは愛されたい。

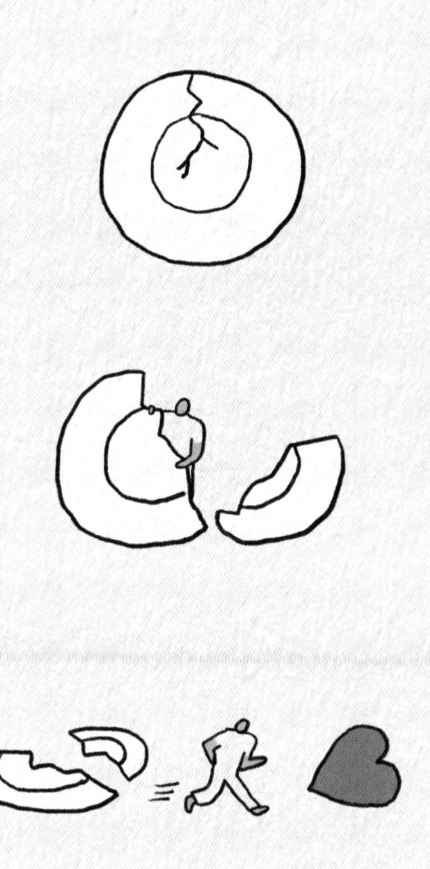

息の届く距離

鼻と鼻をくっつけてこすり合わせるのが好き。
お互いの息が届く顔と顔のあいだで、
あなたが最高に愛しいと伝える方法。
冬の風に冷えきったあなたの鼻をこするたび、
温もりを分け合って笑みがこぼれる。

花と手紙が愛される理由

花と手紙が愛されるのは、
世界にたったひとつ残された、
古くからつづくロマンチックな手段だから。
真心を一番よく伝えられるから。

つないだ手を離さずに

わたしたちは別れない。「もう顔も見たくない」と大ゲンカしても、別れない。ベッドで背なかを向け合っても、一緒に眠ろう。ひどいことを言い合っても、愛し合おう。相手を思いやり、つらいときは「つらい」、幸せなら「幸せだ」と、真っ先に話せる関係になろう。わたしはいつだってあなたをぎゅっと抱きしめる。そして、永遠を誓い合おう。「永遠の愛なんていう奇跡は、存在しない」と言うなら、わたしたちがその奇跡。出会い、愛し合い、つないだ手をずっと離さずに歩いていこう。相手を憎む瞬間があったとしても、一緒にいるほうがずっといい。だからわたしたちは、わたしたちだけは別れない。

だから
わたしたちは、
わたしたちだけは
別れない。

ぷよぷよ

愛する人の頬に触れるのがすごく好き。

大福でもマシュマロでもないのに、
どうしてこんなに
やわらかくてぷよぷよなのかな。
触れるたびにわたしは笑い、同じことを言う。
「あなたのほっぺは、
とってもかわいいぷよぷよの宝物」

いつも愛を確かめたがる あなたへ

わたしたちは、すぐにトゲを逆立てるハリネズミ。傷つくことに臆病で、守れない約束や軽い言葉は口にしない。そうすれば安心できるの？　風に揺れる葦（あし）のような心細さは、「捨てられてしまう」という不安が運んでくるのかも。

そんなとき、わたしは大地を踏みしめ凛（りん）と立ち、あなたという湖にたくさんの言葉の石を投げ入れる。言葉がずっしりと積み上がり、湖が愛であふれるようにと願いながら。わたしはこんなにもあなたを愛してる。あなたは気づいているのかな。不安になる必要なんてないことを。わたしの愛は、岩のように硬く揺るぎないということを、あなたに伝えたい。

⁑

あなたは気づいているのかな。
不安になる必要なんてないことを。
わたしの愛は、
岩のように硬く揺るぎないということを。

愛ってそんなもの

わたしがもし、あなたに明かせないほどの
つらい秘密をもってしまったら、
あなたに別れてほしいと言うかもしれない。

それなのに、あなたがもし、つらい思いをしていたら、
どんなことをしてでも
わたしはあなたのそばにいようとするだろう。
勝手だけれど、
愛ってそんなもの。

わたしが苦しむのは大丈夫。
だけど、あなたが苦しむ姿を見るのは嫌だ。
そして、あなたを苦しめる自分が嫌い。
わたしはあなたを愛してるから。

言葉選び

愛する人に語りかけるとき、言葉選びはとても大切。声のトーンや使う言葉が微妙に違うだけで、ニュアンスが変わってしまうから。思ったことを相手にそのまま伝えるには、言葉を選んで、文章をちゃんと整理して、体全体で話すこと。はじめてのデートで、頭の先から足の先まで整えるように、服を選びながら鏡の前に立つように、言葉も整えること。

あなたという奇跡

人生は予期せぬことのくり返し。
そんな例外だらけの日々を乗り越えて、
あなたと出会い、わたしは恋に落ちた。
それは、例外と例外が出会った、
もうひとつの例外。奇跡そのもの。

こんな愛ははじめてだから

愛するあなたが、心を痛めることがないように。
子どもじみているかもしれないけれど
「わたしの幸せをすべて捧げてもいいから、
この人だけには、つらい思いをさせないで」と
どこかにいる神さまに祈った。
こんな愛ははじめてだから、
あなたのためにどんなことでもしたいのに。
ため息をつきながら
無理やり笑顔を見せるあなたを
ぎゅっと抱きしめ、
「大丈夫だよ」としか言えなくて。
ごめんね。そして、愛してる。

自慢したい

恋をすると自慢したくなる。
わたしはこの人にこんなにも
たくさん愛されているんだと。
本当に幸せだって、自慢したい。
すてきな人に出会って、
たっぷりたくさん愛されていると。

＊
＊

すてきな人に出会って、
たっぷりたくさん愛されていると。

特別なデート

「足あとをたどるデート」。それはときどき、彼とする特別なデート。わたしはこのデートが大好き。通っていた小学校に行って校庭にたたずんだり、学校の前にある文房具屋さんで駄菓子を買ったり、昔住んでいた街を一緒に歩いたり、自転車で一周したり。昔と違って、すべてが小さく見える。まだ残っているもの、もう消えてしまったもの。そんな記憶のかけらを拾い集めていくのは、不思議な気分だ。「ここに住んでいたんだね」と過去を共有しながら、たどる旅。わたしがそばにいなかった頃の少年の姿を想像すると、思わず笑顔になる。お互いが存在しなかった空間と時間を分かち合い、距離はぐっと近くなる。あなたとわたしの新しい思い出も、ひとつずつ増えていく。

あなたがわたしを呼ぶとき

愛する人を呼ぶ言葉は、大切にしたい。気安く「おい」「ちょっと」「おまえ」なんて呼ぶのは、相手を見下しているから。ケンカの最中に相手を傷つけるために使う言葉みたい。ささいなことに思えるかもしれないけど、愛情を込めた呼びかたひとつで、ふたりの関係はさらに深まる。愛する人に「おい」「ちょっと」「おまえ」なんて、ありえない。

何も言わずに

わたしをぎゅっと抱きしめて。「大切だから壊したくない」なんてそっと触れるんじゃなく、めちゃめちゃに壊れてもいいから、いまこの瞬間、思いきり強く抱きしめて。息が苦しくたってかまわない。そんなふうに抱かれて、あなたの温もりを感じたい。すぐには会えないからこそ、「会いたい」という言葉の悲しさがわかった。会いたかった、さみしかった、愛していると言って。わたしのすべてが満たされるように。わたしを愛してると言って。

逃げよう

「『逃げよう』ってわたしが言ったら、一緒に行ってくれる？」

突然聞いたら、彼はしばらく沈黙していた。そして、こう答えた。「きみと一緒なら、真剣に考えてみると思う」。わたしは言った。「前に『海を見たい』って話したとき、あなたは『今すぐ行こうか』って言ったでしょ。あれは『あなたと一緒に逃げたい』って意味だったの」。彼はまたしばらく黙り込んだ後、答えた。「来月、どこかへ旅に出ようか」。
その言葉は、わたしにはこんなふうに聞こえた。「きみが望むなら、いつでも一緒に行くよ。愛してるから」

彼はわたしにすべてをさらけ出し、わたしと向き合う。わたしもまっさらな心で彼に向き合う。わたしたちはありのままの姿に戻って、互いに心を

ひらく。わたしの傷あと、彼の傷あとなんてどう
でもいい。見えない傷にさえ、やさしく触れる。
そんな関係に感謝しながら、彼に言った。

「あなたが逃げたいと思うなら、いつでも一緒に行
くよ。わたしはずっとそばにいる。愛してるから」

星を描く人

あなたはたぶん、夜空に星を描く人。夜明けの青白い空に日が昇ると、彩られていた星々はすぐに見えなくなるけれど、昼の光のなかでときおり見える星もある。あなたは、そんな星を描く人。だからこんなにもまばゆく、きらきらしている。

あなたをずっと太陽みたいだと思っていた。でも、ひんやりした手を握ったとき、わかった。手が冷たいのは、漆黒の空に星を描くから。高層ビルから眺める夜景に息をのみ、涙がこぼれそうになった。あなたが空に描いた星と地上にちりばめられた星が、いっせいに輝き、瞬きはじめたから。

いつか、わたしの星がきらめきを失ったら、あなたは光を与えてまた輝かせようとするだろう。わたしは、そんなあなたの手を握り、温もりを分けてあげる。あなたは気づいているのかな。わたしに光をくれるその瞬間、あなたの瞳は夜空の星より明るい光を放つことを。みんなは知っているのかな。星を描くあなたの手が冷たいということを。

9と10のあいだ

9は10にひとつたりない不完全な数字。9という数字のように、どこか中途半端で不安定なわたしたちだったけど、手を取り合って次のステップへと進んでいきたい。その道は平坦とはかぎらない。嵐に遭うこともあるかもしれない。それでも一緒にいれば、きっと大丈夫。いつかふたりで幸せになれるように、わたしがあなたを世界で一番愛してあげる。

⁂

その道は平坦とは
かぎらない。
それでも一緒にいれば、
きっと大丈夫。

わたしたちが
夜をともに過ごす方法

ふたりで過ごす夜、彼は下の階で静かに文章を書く。世界中の人たちの心に残る星を描くために。わたしは上の階で静かに音楽を流す。わたしたちだけの空間に、そのときどきに合った曲をかけるDJとして。ふたりだけの世界で芸術をつかさどる神のように、穏やかな音楽を一緒に聴き、歌を口ずさみながら、そして「愛してる」と言葉を交わす。こんなふうに過ごす夜は、本当に特別な時間。

永遠

「永遠なんて存在しない」という人たちは、
永遠だと心から信じていたものを
失ってしまったのかもしれない。

だけど、わたしはいまでも、
永遠は存在すると、心から信じてる。
目にも見えず、
手で触れることもできないけれど、
わたしたちの愛も永遠だと信じてる。

みかん半分の愛

みかんを一緒に食べていて、
その果肉に愛がつまっていると気づいた。

ひとつのみかんを半分に分けたとき、
大きいほうをためらいなく
あなたの口にいれることができるから。
これが愛というものだと気づいた。

言葉を大切にしてくれる
ということ

わたしがすっかり忘れていた言葉を、ずっと気にかけているあなた。不機嫌なわたしに、「旅行に行こうよ」と遠くない未来をたくさん約束してくれるあなた。忙しいはずなのに、わたしの言葉ひとつで自分の予定まで変更するあなたに、父が重なって見える。わたしがちょっとつぶやいただけで、みかんを買ってくれたり、チヂミを作ってくれたりした父。わたしの言葉を大切にしてくれることに、胸が熱くなる。そのすべてがわたしへの愛だとわかるから。

恋人どうしが似る理由

彼をあらためてすごいと思ったのは、過去の恋愛について話していたときのこと。こじれた関係だった元カノの悪口をまったく言わず、言葉を選んでやさしく語った。別れた後も相手をリスペクトする彼を、もっと好きになった。

そんな姿にあこがれ、わたしは彼の真似をする。「恋人どうしは似ている」というけれど、たぶんそれは、愛する人を真似しているから。わたしは彼のような人になりたい。きっと自分にすごく満足できるはずだから。

＊
＊

「恋人どうしは似ている」というけれど、
たぶんそれは、
愛する人を真似しているから。

恋はふたりだけのもの

そもそも結婚に興味はなかった。人間関係と恋に疲れていた彼とわたしは、ただ永く愛し合えることだけを願った。いまは、ふたりで歩む道が自然に想像できる。一生、このままの関係でもいい。「責任逃れ」と後ろ指をさされるかもしれないし、どんより落ち込んだ日にはキツい言葉に心が揺れるかもしれない。だけど、わたしたちは大丈夫。愛と信頼で結ばれているから。お互いを尊重し、たっぷり話し合って決めたことだから。恋はふたりのものであって、他の人のものではないから。

彼がこう言ったことがある。「きみと一緒にまた四季を過ごしたい」。その言葉を、わたしはこんなふうに受けとめた。「きみのいない明日は描けない。ぼくが思い描く未来には、いつもきみがいる。だから、ずっとそばにいてほしい。いつまでも一緒にいたい」。口べたな彼がひとことひとこと、心を込めて話す姿が、たまらなく愛おしかった。

恋はまるで、彼が隠した宝物をわたしが見つける宝探しのよう。愛、幸せ、喜び。うっかり見過ごしてしまいそうなものをすべて、彼が宝物に変えてくれた。ときにはわたしが宝箱を隠して、彼が探す。そんな特別な日常が大好き。結婚という形にこだわらず、自分たちを縛らず、わたしたちは自由に愛し合う。未来が不安なときもあるけれど、きっとふたりは大丈夫。いまのような時間、いまのような愛、どうかずっと終わらないで。

あたりまえの愛をあなたに

魚は自然に水のなかを泳ぎ、鳥は広い空を飛ぶ。そんなあたりまえのことと同じように、人はごく自然に愛し合う。

死ぬほど憎み、別れの痛みに打ちひしがれても、わたしたちはふたたび誰かと恋に落ちる。心にたくさん傷を負い、すべての人を疑っても、人に癒やされて立ち直る。

人間は弱くて強い。だから、また傷つくかもしれないのに、今日は悲しみを叫んでいても、明日に向かって恋をする。わたしたちは結局、ふたたび誰かを愛してしまう。

＊
＊

わたしたちは結局、
ふたたび誰かを愛してしまう。

エピローグ

この本を書きながら自分の人生を振り返り、切ない出来事やつらい記憶の数々がよみがえってきた。押し寄せる感情に一文字も書けない日がつづいた。ほとんどのエピソードが、自分の経験と実話をもとにしているからだろう。もっと自由に生きることができたらと願いながらつづった本書は、わたしを信じ、応援してくれるすべての人に、「愛してる」と伝える長い手紙のようなものだ。

書き終えたいま、自分は「幸せと不幸せを売っている」と思った。いまも矛盾だらけのわたしは、小さなことに泣き笑いしながら、次の作品を準備している。『家にいるのに家に帰りたい』には、不幸せな話をたくさん書いてしまったので、次の本では幸せについて書きたいと思っている。語りたいことはいっぱいあるのに上手くまとまらず、別の文章を書いてみたりしている。考えを整理するために、遠くない場所へ旅に出たい。多くのものを手放し、新しいものを見つけられるどこかへ。

本書の執筆中は、多くの方から癒やしと勇気、愛をもらった。Instagramで投稿をはじめたとき、未熟なわたしを力づけてくれた読者の皆さん。いただいたメッセージに感動して涙を流したり、笑顔になったりした。会ったことはないけれど、皆さんはわたしにとって、贈りもののような存在だった。悩みを分かち合い、励まし合う、そんな関係。「メッセージを書くのははじめて」と言いながら、幼い頃の「わたし」を慰めてくれた方たちからは多くのことを学んだ。「著者と読者は互いを癒やし合う」という、親しい作家の言葉に深くうなずく。わたしがたくさんの文章をつむぐことができたのは、読者の皆さんのおかげにほかならない。

ある読者からこんなメッセージをもらった。「飾らないあなたの言葉に救われています。まるでこっそりわたしの心をのぞき込み、わたしのためだけに書いてくれたみたい」と。たったひとりでも、わたしの言葉で誰かの心を軽くできるのなら、これからもずっと書きつづけたい。皆さんの応援によって、乾いた砂漠のようだったわたしの心に恵みの雨が降り、オアシスや海が広がった。殺伐とした平原のようだった私の人生にはいま、たくさんの木と命が育っている。

いつか、読者の皆さんと会って、お酒を飲みながら泣いて笑って語り合いたい。もしあなたが泣いてしまうようなことがあったら、あなたを抱きしめて、わたしも一緒に涙を流す。「ありがとう」「愛してる」。その言葉は嘘ではないと、ひとりひとりの手を取って伝えたい。

大好きな友だちへ。この本を出せたのは、あなたたちの助けがあったから。落ち込んで不安な気持ちに揺れるわたしに、たえず勇気をくれてありがとう。近いうちに海を見に行こう。お財布がからっぽになるまで、お酒を飲もう。

愛する家族と父へ。いつかこの本が届いたら、父はわたしを許してくれるだろうか。「飲み友だちになろう」とまた言ってくれる日が来るだろうか。

最後に、愛する彼へ。本を書くあいだ、わたしのそばにずっといてくれてありがとう。わたしはあなたに何もできなかったのが心苦しい。これから感謝の気持ちを返すと約束するね。いつもありがとう、そしてごめんね。愛してる。

2021年3月25日　初版第１刷発行
2021年4月1日　初版第２刷発行

著者
クォン・ラビン

訳者
桑畑優香（くわはたゆか）

発行者
廣瀬和二

発行所
辰巳出版株式会社
〒160-0022
東京都新宿区新宿2-15-14 辰巳ビル
電話
03-5360-8956（編集部）
03-5360-8064（販売部）
http://www.TG-NET.co.jp

印刷・製本所
中央精版印刷株式会社

ISBN 978-4-7778-2751-0　C0098
Printed in Japan